Stöckel • Heimkehr ins Labyrinth

Reinhard Stöckel

Heimkehr ins Labyrinth

drei Monologe

und ein christliches Satyrspiel

Textbuch, 1. Auflage 2017

eBook, 1. Auflage 2014

uraufgeführt (II-IV) 2003, Cottbus, bühne 8

Edition Vogelweide

© Reinhard Stöckel

Alle Rechte vorbehalten

www.reinhard-stoeckel.de

Titelgestaltung: Tim Stöckel, Cottbus

Herstellung und Verlag: BoD - Books on Demand, Norderstedt
ISBN 978-3-7431-7524-2

Inhalt

I Ariadnes vergessener Faden 9

II Der verspätete Odysseus 17

III Mein Sohn, der Minotaurus 37

IV Abrahams Engel 47

I

Ariadnes vergessener Faden

Monolog einer Heldenbraut

Vorrede

Auf der Insel Kreta, so berichtet die Sage, hauste in einem Labyrinth ein Ungeheuer, halb Mensch und halb Stier. Dieses, Minotaurus genannt, forderte alle sieben Jahre einen Tribut. Dann wurden ihm sieben Jungfrauen und sieben Jünglinge aus Athen zum Fraße vorgeworfen. Als Theseus, Sohn des Königs von Athen, nach Kreta kam, um die Menschen von dieser Bestie zu befreien, schenkte ihm Ariadne ein Wollknäuel, damit er mit dessen Hilfe wieder den Weg aus dem Labyrinth fände. Eine hübsche Geschichte...

Marschgesang:

Alle Mädchen haben, alle Mädchen haben einen kleinen Schützengraben.
Alle Jungen haben, alle Jungen haben einen kleinen Zinnsoldaten.
Alle Zinnsoldaten, alle Zinnsoldaten...

Ariadne:

Viel Glück, Theseus, viel Glück. Viel Glück euch
allen. Zeigt es dieser Bestie. Ihr seid die Besten.
Alle Zinnsoldaten, alle Zinnsoldaten…

Ach, wie sein Federbusch weht,
wie sein Harnisch glänzt, wie er so kräftig
ausschreitet. In der einen Hand das Schwert,
bereit,
der Bestie den Kopf…
Ha, heute beim Frühstück, wie er mit einem Schlag
– zack –
sein Frühstücksei durchtrennte: So, sagte er, soll es
allen Feinden der Freiheit ergehen. Ich, sagte er,
werde
einen großen Spaß haben, wenn ich da hinein
gehe. Da
marschiert er, der Tapfere, seinen Leuten voran,
gleich biegt er
ab zum Labyrinth. Den Minotaurus zu töten. Stark
ist er, mein Held,

und gut gerüstet. In der anderen Hand die Lanze.
Jeder Stoß…
– Ach, Theseus, war das eine Nacht. –
Und wenn ich wieder draußen bin, sagte er,
nehme ich dich mit. Nach Athen. Ohne den Trick
mit dem Faden – meinem Trick, meinem Faden –
würde er
niemals… Ja, Ariadnes Faden! Wird es heißen
dereinst,
führte den Helden zurück aus dem Labyrinth.
Meine purpurne Wolle. Meine purpurne Liebe
wird dich retten. Du bindest, sagte ich,
den Faden am Eingang fest, dann gehst du, sagte ich,
hinein, du tust deine Arbeit und der Faden bringt
dich, sagte ich, nach Hause.
Und dann nach Athen, sagte er,
heute Morgen, als er sich rasierte – Ach, wie sanft
das Messer über seine Kehle gleitet, mich schaudert es jedes Mal, ich fürchte, er
könnte sich verletzen. Und wie er dann duftet, so
männlich. Manchmal denke ich,

es gibt da noch andere Frauen – jedenfalls hat er gesagt,
dass er mich mitnimmt nach Athen. Mich!
Sie haben dort so lustige Lieder: Alle Zinnsoldaten…
Und Demokratie. Sagt er. Und weiße Häuser
leuchten ringsum auf den Hügeln in blühenden
Gärten. Er wird mir, sagt er, weiße Rosen schenken. Weiße Rosen – ach,
wie ich mich freue. – Als er seine Stiefel
putzte, sagte er, einen ganz großen Strauß, eine Rose für jeden
getöteten Feind und das, sagte er, werden viele sein – zack, zack.
Weiße Rosen aus Athen… Aber zuerst
müssen wir Kreta befreien. Zuerst
muss Theseus durch das Labyrinth. Zuerst
muss er diese Bestie töten, endlich …
Freiheit und weiße Rosen, weiße Häuser, weiße Hügel,
ach, ich träume so gerne, ich träume,
aber

die Bestie dringt bis in den Schoß meines
Traums. Bedrängt mich. Dieser Bastard, bedrängt mich
dieser Stier… Mensch… Theseus, hilf mir, nimm endlich
das Schwert und hau ihm seinen Bullenschädel ab.
Diesen bulligen… ab… hauen… alles. Alles!
Und er tut es, er tut es, er schlägt zu, schlägt zu, schlägt…
und dann nimmt er mich in seine Arme und
er riecht so merkwürdig. Wir wiegen uns in…
Weiße Rosen… und
er tanzt so merkwürdig. Ich sehe ihn an, sehe meinen Theseus an im Traum
und plötzlich so merkwürdig wölben sich seine Lippen auf
zu einem Rindermaul. Theseus, töte ihn –
ich tanze mit – töte ihn! –
einem Stier. In den Armen einer Bestie – töte ihn!
Theseus, du bist zurück, aber wer
bist du?!, rufe ich, nimm ihn aus meinen
Träumen, aus meinem Leben, vertilge ihn!

Dann wird Frieden sein. Oh, Theseus, eile, eile …
Bitte beeil dich doch!

Aber was liegt da? Da liegt, da liegt doch das Wollknäuel.
Das Wollknäuel, der Faden, mein Faden. Oh, nein. Theseus! Der Faden …!
Mein Gott, Zeus, er hat den Faden vergessen. Wie soll er da jemals
aus diesem verdammten Labyrinth kommen! Theseus!!!
Ich, oh, ich hätte daran denken müssen. Ich, oh, warum habe ich
ihn nicht noch einmal danach gefragt? So sicher war ich, so…
Du wirst es schaffen, sagte ich, als er zweifelte gestern Abend.
Nimm, sagte ich, als er nach einem Ausweg fragte –
ein Ausweg, was für einem Ausweg?
Einem Ausweg, sagte er, aus dieser Lage, aus dieser Situation, aus diesem

Labyrinth, sagte er. Könnte man diesen Minotaurus nicht einfach
einsperren ...
oder zähmen ...
im Zirkus auftreten lassen, allez hopp ...
auf dem Jahrmarkt, meinen Damen und Herren:
die erschröckliche Bestie, der Stiermensch!
Nein, sagte ich, er muss weg! Höre, sagte ich,
du gehst als Befreier Kretas!
Aber wie komme ich wieder, sagte er,
aus diesen labyrinthischen Gängen heraus? –
Nimm, sagte ich also,
dieses Garnknäuel. Der purpurne Faden wird dich
führen.
Und nun hat er ihn vergessen. Den purpurnen
Faden meiner purpurnen Liebe. Dürsten wird er,
er wird hungern, seine Finger - die eben noch
meine Haut streichelten, so sanft streichelten -
werden sich in die kalten Mauern krallen. Er wird
gesiegt haben, doch er
wird zugrunde gehen, wird er...?
Ich muss ihm nach.

Theseus, warte! Theseus!
Doch ach, wie finde ich
zu ihm … hier entlang … oder dort … lieber
zurück oder geradeaus, links, rechts, kreuz, quer,
hin, her …
(Ariadne verstrickt sich in ihrem Faden.)
Theseus! Wo bist du?
Wo ist der Weg …

II

Der verspätete Odysseus

Monolog
eines Kriegsheimkehrers

> Eine Zigarette verglimmt im Ascher –
> Rauch über dem Dach eines verlornen Ithaka
> Und Penelope, vor ihrem Webstuhl,
> tot.
>
> Jannis Ritsos

Vorrede

Während der Grieche Odysseus zehn Jahre im trojanischen Krieg und zehn weitere Jahre auf Irrfahrten durch die Ägäis verbrachte, wartete zu Hause sein Weib Penelope. Von Freiern, die das Erbe des Odysseus antreten wollten, bedrängt, webte sie tagsüber an einem Brautkleid, welches sie in der Nacht wieder auftrennte. Als Odysseus nach Hause zurückkehrte, heißt es, erschlug er die Freier und legte sich zufrieden zu seiner Frau.

So erzählt es Homer. Wir, die wir die Geschichtsschreibung von Siegern kennen, halten für möglich, dass die Sache anders ausging.

I
Ein Mann kommt nach Hause

Oh, dieses Licht. Dieser Himmel. Nur hier ist er so. So hell, dass es schmerzt.
Doch Messer in den Schläfen ertrüge ich, diese Erde sehen zu dürfen.
Diesen Olivenhain. Mann, ist der gewachsen!
Ach, diese Erde, rot und rissig. Jetzt weiß ich, was ich vermisste. Zwanzig lange Jahre:
Ithakas Erde.
Ithaka, mein Ithaka!
Endlich. Endlich, keine Planken mehr unter den Füßen.
Endlich kein Schwanken mehr.
Endlich, zu Hause!

So. Wo nun sind diese Freier?!
Diese Banditen, die, wie im Ausland jede Zeitung vermeldet, meinen Wein aussaufen.

Diese Hurensöhne, die, wie jeder betrunkene
Seemann in Alexandria witzelt, nur darauf warten,
mein Weib zu besteigen.
Doch mein Weib ist nicht dumm. Ist ja mein
Weib!
Webt bei Tag an ihrem Hochzeitsgewand. Sagt,
wenn es fertig ist, wähle ich einen von euch, ihr
stattlichen Recken. Oh, sie ist so klug, meine
Penelope. Nachts trennt sie dann das Gewand
wieder auf.
Meine getreue Penelope.
Da könnt ihr lange warten, ihr Hunde. Und mit
den Schwänzen wedeln. Hier gibt's nichts mehr zu
fressen für euch! Jetzt ist Schluss! Jetzt wird aufge-
räumt!

Kein Webstuhlgeklapper im Obergeschoß?
Kein Gläserklirren im Saal?
So still. So viel Stille? Zuviel Stille!
Und niemand zu sehen. Hier nicht. Und da nicht.
Kein einziger Freier. Diese Feiglinge. Alle ver-
schwunden.

Penelope!

Telemachos, Telemach, Söhnchen!

Der Papa ist wieder da!

Wo sind die bloß alle?

Bin ich ein Fremder?!

Einen Fremden begrüßt man besser.

Erwarten mich nur leere Flaschen: leer … leer …

Ah! – Igitt, sauer!

Und dieser Staub. Überall.

Ich dachte, ich wäre zu Hause.

Dienerschaft!

Nun, die werden einen Ausflug machen. Einen Ausflug in die Berge. Wie früher.

Aber dieser Staub. Sicher ein längerer Ausflug.

(Er packt ein Bündel auf den Tisch. Kriegsbeute, Geschenke. Darunter ein Spielzeugpferd aus Holz, eine angebrochene Schnapsflasche und ein Stück Damenunterwäsche. Odysseus presst das Gesicht in das Wäschestück.)

Kalypso.

(Auf dem Tisch ein Brief.)

Mein lieber Odysseus,

habe zwanzig Jahre gewartet. Das ist wohl genug.

Bin mit einem andern gegangen.

Mit einem Anderen? Mit einem Anderen!

Zwanzig Jahre. Zwanzig Jahre. Mein Gott, was sind zwanzig Jahre: ein Nichts!

Da wird eine Frau doch mal warten können!

Da wird eine Frau doch mal ohne Mann auskommen.

Penelope, du Miststück!

II

Ein Mann sitzt vor einer Spiegelscherbe und trinkt

Als du kamst, Odysseus,
aus der dunklen Kammer des Krieges,
aus dem Labyrinth der Meere,
als du kamst ins Licht, ins helle Licht von Ithaka
in Erwartung von Küssen
oder Schlägen
oder Küssen, Schlägen, Küssen, Schlägen ...
da war: nichts!

Zwanzig Jahre Dienst fürs Vaterland
und nun: nichts!
Zehn Jahre Krieg, zehn Jahre Irrfahrten:
Troja erobert, Zyklopen erschlagen, Sirenen
widerstanden,
alle Gefährten verloren ... und nun?
Ist denn keiner da,
auf einen Helden zu trinken?!
Ist denn keiner da,

auf die Siege anzustoßen mit mir,

mit mir, mit mir …

Prost, Odysseus!

Auf den Sieg von Troja!

Auf den genialen Einfall mit dem hölzernen Pferd!

Auf die Kameraden!

Deren Knochen im Staub vor Troja bleichen.

Auf die Kameraden!

Deren Knochen dem Zyklopen den Arsch aufreißen mögen.

Auf die Kameraden!

Deren Knochen sanft auf dem Grund des Meeres schaukeln.

Auf die Kameraden! Und nieder mit den Weibern!

Penelope! Was hast du mir angetan!

(Odysseus zieht ein Foto aus der Tasche.)

Penelope, Penelope, warum bist du gegangen?

Waren unsere Tage nicht –

als ich noch hier war –

wunderbar? Spannten wir die Stunden nicht wie

Netze unter die Olivenbäume?

Augenblicke wie diese göttlichen Früchte, so prall, so rund, so voller Würze.

Und jetzt. Fallen die Oliven in den Dreck. In den Dreck, ja, in den Dreck.

Keiner, der die Oliven erntet,

keiner, der den Wein keltert,

keiner, der mit mir am Abend Artischockenherzen isst,

keiner …

Ja. Ja, ich war weg. Ich war lange weg, ja, zwanzig Jahre von mir aus.

Nein, nicht von mir aus. Aus Verantwortung. Man muss doch Verantwortung übernehmen.

Krieg führen? Wieso da drüben in Asien? Hat sie gefragt.

Ja, tatsächlich, das hat sie gefragt. Wieso in Asien?! Mein Gott, Frauen und Politik.

Aber Verantwortung, das war ja für dich nur ein Wort. Du bist einfach abgehauen!

Ich. Ich habe für die Ehre der Achaier gekämpft, für Griechenlands Freiheit. Ja, auch für deine, meine Liebe. – Penelope, die Harpyien sollen dich zerreißen.

(Er zerreißt das Foto.)

Und ich?

Ich? Ich gehe zu Kalypso zurück. Basta.

Kalypso. Ach, Kalypso. Du hast mich gerettet, als ich verlassen auf dem Meer dahintrieb.

Gerettet aus den Wogen des Meeres, tja – und vor den Fluten der Hormone.

Hoho, meine Nymphe Kalypso.

Drei Mal täglich, das war doch für den Anfang nicht schlecht.

Drei Mal täglich, oh Mann, Kalypso, Woche für Woche.

Drei Mal täglich, sieben Jahre lang, Kalypso. Also auf die Dauer … Man wird ja auch älter.

Nee, nicht noch einmal.

Das ist vorbei.

Was ist vorbei? Der Krieg? Das Umherirren?

Nun bist du also da, Odysseus. Angekommen.

Auf dem Fensterbrett

die Schwimmblase eines gestrandeten Fisches,
auf dem Tisch
die Schalen eines gegessenen Eis,
auf dem Fußboden
die Asche einer gerauchten Zigarette,
und dort, dort in der Ecke, der Webstuhl,
der Webstuhl einer gewesenen Frau –
zerbrochen,
alles zerbrochen,
Webstuhl und Spiegel.
Als ich Achill vor Troja begrub,
als ich allein auf dem zerbrochenen Mast meines Schiffes dahin trieb,
als ich halbnackt in kalter Winternacht unter einem Laubhaufen lag,
immer wusste ich, es gibt ein Zuhause.
Zuhause? Zuhause. Jetzt ist die Fremde auch hier!
Und ich, ich der kluge Odysseus, bin vom vielen Wissen
so leer.

(Er ritzt sich wie zum Versuch mit der Spiegelscherbe über den Unterarm.)

Draußen der Wind raschelt hart in den Blättern.
Draußen – ist da wer? Telemachos?
Ich hab es doch gewusst! Du bleibst mir treu.
Komm, zeig dich. Komm rein, Telemachos, mein Sohn!

III

Ein Mann wandert schlaflos umher

Das Mondlicht in den Olivenzweigen.
Ich weiß, Telemachos, du kommst zurück. Bestimmt noch in dieser Nacht.

(Er zieht aus dem Abfall eine alte Zeitung.)

Telemachos aus Ithaka, der Sohn des berühmten Städtezerstörers Odysseus, ist auf der Suche nach seinem Vater nur knapp einem Anschlag entkommen. Wie aus der Hauptstadt der Phaiaken verlautet ... nur leicht verletzt – den Göttern sei Dank – der Attentäter ... getötet.
Oh, Telemachos, mein Sohn, du bist ausgezogen, deinen Vater zu suchen.
Man wird dir berichten, dass Odysseus wieder auf Ithaka ist. Du wirst fühlen, dass dein Vater zu Haus auf dich wartet. Als du geboren wurdest, habe ich diesen Hain von Oliven gepflanzt.
Starke Bäume sind es geworden.

Du wirst kommen.

Es geht im Haus etwas umher. Bist du schon da?
Ach, nur ein Windhauch. Nur ein Hauch.
Was für ein Hauch …
wie der göttliche Atem eines Kindes,
wie dein Atem, Telemachos.
Den Strohhalm ins Seifenwasser getaucht
hast du, mit deinem Atem eine Seifenblase, eine
schillernde bunte Welt, erschaffen
hast du, mit deiner Aufmerksamkeit diese oszillierende Sphäre getragen,
wie ein Gott vielleicht die Erde
durch die Räume dieses Hauses, Telemachos, bis
sie zerschellte.
Diese Welt behüten
kannst du nicht, nur
erobern, wie ich,
denn sie ist nicht das Geschöpf eines kindlichen
Gottes,
sie ist ein männermordendes Weib.

Jetzt ist sie still,

jetzt flüstert sie nur noch mit mir, jetzt

schreit sie nicht mehr, jetzt

ist sie still, so schön still, pst, da

schleicht einer, da

lauert einer, da

ist doch einer! Von den Kameraden

hat vielleicht doch einer überlebt, ist nicht

von einer troischen Lanze zerschmettert, nicht

von Riesen verspeist, nicht

zwischen Skylla und Charybdis ersoffen, nicht

von Kirke, der Hure, zur Sau gemacht!

Nichts! Keiner mehr da, keiner! Ich allein habe

überlebt. Ich allein …

Was für ein Knarren, ein Huschen, ein Scharren?

Oder ist das etwa doch …? Telemachos?! Bis du

es?

Ich weiß, du bist es. Komm her, lass dich von

deinem Vater umarmen.

He, wo steckst du? Zeig dich! Komm her, verarsche deinen alten Vater nicht.

Komm her, verdammt noch mal, Telemachos,
komm jetzt sofort raus!

Ja, gut, du bist sauer. Gut, verstehe ich alles.

Schließlich war ich zwanzig Jahre weg.

Das ist ganz schön lang für ein Kind.

Denkst du, ich habe diesen Krieg gewollt?!

Ich habe mich sogar blöd gestellt!

Hat nicht geholfen. Sie haben dich vor meinen
Pflug gelegt.

Hätte ich dich vom Pflugschar zerreißen lassen
sollen? Hätte ich das? Ja?

Nur um mein Irresein zu beweisen?

Da musste ich eben mitmachen. Bei ihrem Irrsinn.

Die haben doch schon getuschelt. Oh, dem klugen
Odysseus fällt nichts mehr ein, keine List, seinen
Hintern unter Penelopes Bettdecke zu halten. Die
Dummköpfe.

Die Dummköpfe halten Dummheit immer für
Mut.

Doch welcher Mann ist so klug, beim Wort Feigling die Schultern zu zucken?

Außerdem, die Trojer hatten Helena.

Ein griechischer Fürst kann sich nicht so einfach seine Frau wegnehmen lassen.
Stell dir vor, die hätten deine Mutter entführt?
Deine Mutter, stell dir das mal vor, Junge!
Na ja, die Sache mit Helena war meine Idee. Die jammerten doch alle rum, Agamemnon, Menelaos, Nestor, alle jammerten sie rum:
Troja hockt an der Durchfahrt zum Bosporus und wird immer fetter. Wie eine Spinne die Fliegen, saugt es unsere Händler mit Zöllen aus.
Es ging doch um die Freiheit des Handels!
Mensch, Junge, Attikas Wohlstand war in Gefahr!
Und da lässt Helena ihren Menelaos sitzen und treibt es mit diesem Trojer. Ich habe gleich gemerkt, die ist scharf auf den wie eine läufige Hündin.
Leute, sag ich, Leute, es geht um die Ehre eines Mannes, das versteht jeder Achäer,
da machen alle mit. Also auf nach Troja!
Dass auch ich dann mitmusste, na ja …
Guck mal hier, ich hab dir etwas mitgebracht. Ein Pferdchen, ein hölzernes Pferdchen.

Pass auf, hier sind wir rein – unser Pferd war
natürlich viel, viel größer – tja, solche Ideen hat
dein Vater! Also, hier sind wir rein und waren ganz
mucksmäuschenstill. Bis die Trojer aus ihrem
Rattenloch kamen und meinten, sie hätten mit dem
Pferd noch eine fette Beute gemacht.
Und dann nachts, ganz leise sind wir raus und
dann zack, zack, zack.
Im Nu war alles vorbei. Das war ein Spaß, sage ich
dir. Ein Schlachten
war das. Ein blutiges Gemetzel. Überall
Flammen, überall Blut, immer wieder
dieses Geräusch, wenn Eisen Knochen durch-
schlägt. Aber musste sein,
musste sein. Alte Männer, Frauen, Kinder. Verdammt, Aias, habe ich gesagt, lass
bloß keins von den Bälgern überleben, keines!
Bloß
kein Mitleid mit den Feinden von morgen. Das
rächt sich,
verstehst du, Telemachos, das rächt sich!
Nun bin ich endlich zu Hause. Komm endlich

aus deinem Versteck, Junge, lass
die Scherze. Wie ich deine Mutter kenne, hat sie,
bevor
sie mit diesem Typen abzog, im Keller noch Bier
kalt gestellt.
He, lass das Licht an!

IV
Ein Mann sitzt gefesselt vor einem Sprengsatz

Hören Sie, was wollen Sie von mir? Geld?
Bedienen Sie sich. Ansonsten fragen Sie meine
Frau. Mit der würde ich auch gern ein Wörtchen
reden, haha.
Hören Sie, das mit dem Apparat hier, was soll
das?! Der tickt so penetrant.
Tick, tick, tick. Klingt, als würde bald was passieren.
Hören Sie, seien Sie fair! Ich hätte sie vorhin im
Dunkeln einfach abstechen können. Ja, gut, ich
habe Sie
im ersten Moment für meinen Sohn gehalten, habe
gedacht, der
treibt Späße, wie früher. Aber der treibt sich
wahrscheinlich irgendwo rum, statt seinem alten
Vater ...
Telemachos, warum kommst du nicht? Komm,
hilf,

komm, nein, komm nicht, nicht hierher, nicht
jetzt, nicht ...

Aber *Ihr* Vater könnte ich doch sein?!
Also ein bisschen mehr Respekt, bitte, ja? Respekt.
Wissen sie überhaupt, was das heißt, Respekt?!
Natürlich, so ein Trojer weiß das nicht, ein Trojer
hat keine Ahnung von den grundlegendsten Tugenden der Zivilisation.
Denken Sie nicht, dass Sie ungeschoren davonkommen!
Wo immer Sie sich verkriechen, Telemachos wird Sie
aufspüren, ausräuchern, ausradieren, austilgen, endgültig
ausrotten. Alles. Böse. Von dieser Welt
wird mein Sohn ... mich rächen
Wird er. Der Sohn wird den Vater rächen! Und dann ...

Wird am Sohn des Sohnes der Vater des andern

gerächt werden. Und so geht es fort bis ins tausendste Glied …

Telemachos! Nein! –

Hört auf damit!

Hören Sie auf damit! Machen Sie das Ding hier aus! –

Aber so ein verdammter Trojer wie Sie hört nie auf, niemals. Von mir aus! In Blut soll die Gerechtigkeit waten. Bis ins tausendste …

Hören Sie mich?! Was Sie mir da

vorhin erzählt haben, tut mir wirklich leid, die Sache

mit Ihren Eltern, wirklich. Aber es war eben

Krieg. Wissen Sie, was ich immer gesagt habe?

Aias, habe ich gesagt, verschone wenigstens die Kinder!

Verstehen Sie, Sie wären vielleicht gar nicht hier, wenn …

Verdammt noch mal, schalten Sie doch diesen Apparat aus.

Gut, also sterben.

Ich hätte längst tot sein können.

Verscharrt vor Trojas Mauern.

Von Skylla am Felsen zerschmettert.

Verschlungen von Charybdis.

Dann also jetzt.

Es wird nicht mehr sein, als wenn –

eine bunt schillernde Seifenblase zerschellt.

Telemachos, man kann sie nicht auf ewig behüten.

Doch ein klein wenig mehr Aufmerksamkeit

und wir hätten uns vielleicht noch etwas länger,

noch etwas besser gekannt und zusammen

diese schöne Seifenblase bewundert.

Eine Seifenblase und ringsum ist Dunkel.

Ach, dieses schmerzlose Dunkel.

III

Mein Sohn.
Der Minotaurus

Monolog einer Mutter

Vorrede

Pasiphae, die Frau des kretischen Königs Minos, so berichtet die Sage, entbrannte in Liebe zu einem Stier. Frucht dieser widernatürlichen Beziehung sei der Minotaurus gewesen.

Minos, so heißt es weiter, ließ diesen Stiermenschen in ein Labyrinth einsperren.

Andere erzählen: Asterios, ein Offizier der königlichen Garde, soll gegen Minos rebelliert haben. Daraufhin verbannte ihn der König ins Labyrinth.

Wir wissen, dass ein und derselbe mitunter verschiedene Namen trägt.

Pasiphae:

(auf dem Weg durch ein Labyrinth; hin und wieder findet sie militärische Kleidungs- und Ausrüstungsgegenstände)

Minos, Minos!
Deine Mauern sind nicht fest genug, mich zu halten.
Dein Labyrinth nicht verworren genug, dass ich, Pasiphae, nicht einen Weg finde.
Zu meinem Sohn.
Aber wo ist der Himmel?
Gibt es hier keinen Himmel?
Hast du ihn ausgesperrt, Minos? Ausgesperrt.
Ausgesperrt sind die Sterne, keiner weist mir einen Weg.
Des Mondes scharfe Sichel schneidet mir kein Getreide
und kein sonnenbeschienener Spiegel,
mich zu erkennen. Zu sehen, was Wahrheit ist.
Nur Dunkelheit.

Nur ein schwarzgrauer Himmel, steinhart, un-
durchdringlich
wie dein Wille, nur er gilt,
nicht Götter noch Gesetze,
du nennst es Freiheit, ihm zu folgen! Freiheit, ja,
Freiheit, dieses süße
Wort. Einer wollte es dir
von deinen Lippen reißen.
Mein Sohn. Der Minotaurus,
sagen sie, hat ein königliches Landgut
gebrandschatzt, einen Aufseher
ermordet. Das glaube,
wer will. Dass das mein Sohn war,
glaube ich nicht. Niemals.
Da, dieser Schuh. Ist das
sein Schuh? Ich kenne nicht den Fuß,
der solch genagelte Sohle trägt.
Was für einen festen Schritt muss ein Mann haben,
der solche Schuhe trägt! Was für einen Tritt
kann ein Mann, der – und hier nun der zweite –
solche Schuhe trägt,
einem andern versetzen? Gingst du nicht

barfuß, als ich dich kannte, mein Sohn?
Als ich dich – und als alle dich noch
Asterios nannten. Asterios, der dem besternten
Himmel gleicht. Himmel. Verdammt. Hier gibt es
nun mal keinen Himmel! Mauern, Mauern, kalt
schwitzende Mauern. Salpetergestirne
still stehender Zeit. Doch nach deinem
besternten Blick geht meine Sehnsucht,
nach deinem barfüßigen Herzen.
Wer, Asterios, hat dir *solche* Schuhe gemacht?!

Jetzt von dem kalten Boden,
von den scharfkantigen Steinen
meine nackten Füße weg
in deine Schuhe, Asterios. Und
ausgeschritten, kräftig, links,
zwei, drei, links, zwei, drei …
Minos, zeig her deinen Arsch!
Du, Herr der Bestien, nennst meinen Sohn Bestie.
Und alle wollen glauben. Alle wollen glauben:
deine Richter, deine Schreiber, dein Volk.
Du gabst ihren Alpträumen einen Namen.

Ihre perversen Phantasien sprachst du aus:
    Meine eigene Frau hat mich,
       o weh, mit einem Stier betrogen!
Natürlich fand sich ein tüchtiger Handwerker,
der die hölzerne Kuh baute.

Lokaltermin:
    Los, kriech da hinein.
Und sie zwangen mich hinein.
    Seht nur, es geht!,
riefen alle.
    Dann ist der Stier
    über sie, über sie, über sie,
riefen sie. Ihre Finger stießen wie Messer,
stießen, stießen, stießen … nach mir.
Ich bin sicher, sie haben nachts
auf ihren Frauen sich Stiere genannt.
Der Stiermensch. Du, Asterios, musstest
es sein. Kein Thronfolger mehr, sondern:
Bastard. Nicht Hoffnung der Landlosen
mehr, sondern: Schreckbild
für ungezogene Kinder. Diese

Demütigung! Diese Schande!

Haben sie recht?
Haben sie nicht recht?
Hast du nicht mit deinen Leuten
des Königs Landgut verbrannt?
Des Königs Landgut
und den Verwalter von des Königs Landgut
und die Frau des Verwalters von des Königs
Landgut
und das Kind der Frau des Verwalters von des
Königs Landgut
verbrannt? Hättest du nicht
aufhören können?! Stattdessen
musstest du …

Musstest du *solche* Jacken tragen?
Gefleckt wie ein Panther
durch die Städte nachts schleichen!
Warum waren es nicht meine Zähne,
Minos, die viel zu lange an deinem Hals
von Lippen verborgen gelegen haben,

statt hineinzuschlagen wie ein Raubtier. Ich
hätte es tun sollen, wenn irgendjemand,
dann ich! Stattdessen habe ich im Bett
des Tyrannen noch die schönsten Träume
geträumt. Die glänzenden Stoffe, die Bäder von
Marmor
wie mit durchscheinender Haut überzogen,
fast lebendig, sein Palast ein göttlicher Schoß.
Silber aus Ägypten trug meine Speisen –
Es sollte doch auch für dich sein,
Asterios, solch ein glitzerndes Leben!
– Karneole vom Hindukusch
legte er mir um den Hals und ein Kamm
aus nubischem Elfenbein schmückte mein Haar.
Jetzt bleiben mir zehn Finger, hindurchzufahren.
Hindurchzusehen wie durch ein Gitter.
Mein Gefängnis war immer
nur ich.
Wenn es kalt ist,
ist es gleich, welche Jacke man trägt,
da wärmt auch ein blutgefleckter
Militärmantel gut. Gut, gut …

Weiter, los, weiter!
Dein Labyrinth, Minos, ist
die beste Marschroute mir,
links eine Mauer und rechts
eine Mauer, da eine Wand
und dort – kein Weg, aber hier,
nein, nicht hier, also doch
dort: was blitzt da?
Kein Licht und es blinkt
ein Stern? Kein Stern,
ein Messer. Asterios?
Asterios, ist das dein
Messer? Dein Messer!
Hat dieses Messer des Aufsehers Kehle
durchtrennt und die Kehle ...
Die Tat verwandelt
den Täter. Bist du der,
den ich nicht mehr erkenne?
Bist du nicht mehr mein,
sondern Minos' Geschöpf?
Der Minotaurus! Ich spüre es,
da ist etwas, etwas in meiner Nähe,

ganz nah in meiner Nähe,
ein Atmen, eine Atemlosigkeit,
die kalt wie Schweiß
übers Herz mir rinnt.
Könnte ich diese Angst
nur töten, töten, töten …

Was erwartet mich
hinter der nächsten Biegung –
ein Mörder
oder mein Kind?
Es wird
mein Spiegel sein.

IV

Abrahams Engel

ein christliches Satyrspiel

Abraham
Engel

(Abraham bindet einen Sack auf und steckt den Strick in seine Tasche.)

ABRAHAM: Bald geht die Sonne auf. Diesmal werde ich der Erste auf den Feldern sein und Erbsen säen. Wenn es bloß nicht so kalt wäre.

Ein Engel erscheint und reicht ihm ein Schaffell.

ABRAHAM: Danke. Du bist ein Engel!

ENGEL: Woher weißt du das?

ABRAHAM: Wie? Du? Duuu? Nein, ein Engel sieht anders aus.
Können Sie sich ausweisen?

ENGEL: Selbstverständlich.

ABRAHAM: In Ordnung. Und?

ENGEL: Was und?

ABRAHAM: Was muss ich tun? Welchen Auftrag gibt mir der Herr?
Soll ich vielleicht ein Kind empfangen, wie Maria?
Oder eines zeugen?

ENGEL: Eines opfern.

ABRAHAM: Ich versteh nicht.

ENGEL: Opfern, töten, schlachten.

ABRAHAM: Ich? Niemals.

ENGEL: Keine Diskussion. *ER* verlangt es. Also tu es.

ABRAHAM: Warum sollte ich so etwas tun?

ENGEL: Abraham, sieh dir doch die Welt an: Hunger und Kriege, Orkane und Überschwemmungen. Das Öl für die Lampen wird knapp. Zünde du ein Licht an in der Dunkelheit. Setze ein Zeichen. Die Welt braucht es.

ABRAHAM: Kann das nicht jemand anders machen? Ich habe keine Zeit, ich muss Erbsen aussäen.

ENGEL: Abraham, bist du ein Erbsenzähler?! Du bist doch ein Mann von Charakter. Du bist doch kein Feigling, keine Memme, kein Weichei …
Übrigens, deine Unkosten werden dir selbstverständlich erstattet.
Und: ER wird für eine gute Ernte sorgen in diesem Jahr.

ABRAHAM: Und nächstes Jahr?

ENGEL: Auch im nächsten Jahr und im übernächsten und überüber… Solange du willst.
Deine Scheune wird aus allen Nähten platzen. Du wirst anbauen müssen. Du wirst Leute einstellen müssen. Du wirst dem ganzen Dorf Wohlstand bringen, dem ganzen Land, der ganzen Welt! Abraham, es liegt in deiner Hand!

ABRAHAM: Und wenn ich mich weigere?

ENGEL: Missernten, Überschwemmungen, Krankheiten und ein zänkisches Weib.

ABRAHAM: Das ist wirklich hart.
Aber ich kann das nicht. Niemals könnt ich das.

ENGEL: Das sagen vorher alle.
ABRAHAM: Einfach so einen Menschen umbringen.

ENGEL: Hier wird niemand umgebracht. Dein Sohn wird eingehen in sein Reich. Es ist ein Opfer.

ABRAHAM: Wie hoch, sagtest du, ist die Aufwandsentschädigung?

ENGEL: Es wird nicht umsonst sein. – Für jeden zurückgelegten Kilometer erhältst du drei Goldstücke … von deinem Haus bis zum Tempel sind es …

ABRAHAM: Halt, halt, wieso m e i n Sohn? Du sagtest: d e i n Sohn!

ENGEL: So, sagte ich das? Nun, ja … Ich meine, es wäre besser … es ist wegen der Wirkung. Denk doch mal: irgendein beliebiges Balg. Was ist das schon! – Aber den eigenen Sohn zum Opfer bringen … Wir alle … auch du musst Opfer bringen. Abraham, die ganze Welt blickt auf dich!

ABRAHAM: Könnte es nicht meine Frau sein?

ENGEL: Eine Frau? Nun ja, eine Frau, wir könnten das vielleicht regeln, ein Kompensationsgeschäft … ist sie hübsch?

ABRAHAM: Sehr hübsch. Vielleicht nicht mehr ganz frisch, aber hübsch. Man kann ja eine Menge machen heutzutage, mit Schminke und so.

ENGEL: Nein, was rede ich da? Lassen wir das. Das geht nicht. Wir brauchen ein richtiges Opfer. Deinen Sohn.
Wenn du deinen eigenen Sohn opferst, wird niemand mehr zweifeln.
Abraham. Das Böse bedroht uns. Es ist überall. Da, da und da. Jeder kann ein Agent des Bösen sein. Jeder.

Heute noch ein braver Bürger, morgen ein Meuchelmörder! Du kannst die Welt retten! Dieses eine Zeichen des Gehorsams und die Menschen glauben wieder.

ABRAHAM: Ich soll meinen eignen ... nein, was verlangt ihr da ... mit diesem Messer ... seid ihr von allen guten ... die Kehle durch ... Es ist schartig. Da, sieh, es ist vollkommen stumpf.

ENGEL: Tatsächlich. Hier, nimm dieses. Ein gutes Schweizer Offiziersmesser. Es ist meins. Ein Geschenk von IHM, weil ich im Chor so schön gesungen ... Du kannst es haben. Guck. Das kann alles. Sieh nur, dies für Konserven, dies für Weinflaschen, dies für Zehennägel und das hier zum Schneiden von Fleisch.

ABRAHAM: Ein gutes Messer. Und ich darf es wirklich behalten?

ENGEL: Wenn du deine Pflicht tust. Ein kleiner Schnitt für einen Menschen, ein großer für die Menschheit. Er wird uns endgültig trennen vom Bösen. Bist du für uns oder ...

ABRAHAM: Nehmt einen andern. Mich nicht und meinen Sohn nicht.

ENGEL: Halt. Wo willst du hin?!
Mein Mantel! Mein Messer! Mein Auftrag!
Abraham, renn doch nicht so!
Du bist so – mir fehlen für soviel Gleichgültigkeit einfach die Worte. Abraham, ich bitte dich.
Wie steh ich denn vor ihm da? Glaubst du, mir macht das Spaß?
Wie steht ER denn da, wenn du dich verweigerst?
Wenn du dich der Verantwortung entziehst.
Abraham, bitte …
Er wird mich degradieren, aus dem Himmel werfen, hinabstoßen in die Hölle, zu diesem – igitt – Hinkefuß, der unter den Achseln nach Schwefel riecht. Das kannst du mir nicht antun, Abraham!

ABRAHAM: Komm her, trink einen Schluck. Das beruhigt.
So eine Schnapsidee aber auch. Kann ER nicht einfach ein Wunder tun?

ENGEL: Begreif doch. Das wird ja das Wunder.

ABRAHAM: Ich töte meinen Sohn. Ja, weiß Gott, die Leute werden sich wundern. An den Kopf fassen werden sie sich.

ENGEL: Also gut. Was ich dir sage, bleibt unter uns.

ABRAHAM: Selbstverständlich ... unter uns.

ENGEL: Wenn das jemand erfährt, können wir die Sache gleich stecken lassen. Also schwöre!

ABRAHAM: Ich schwöre.

ENGEL: Er wird dir rechtzeitig einen Hammel schicken.

ABRAHAM: Einen Hammel?

ENGEL: Ja, ein Opfertier wird plötzlich auftauchen. Und eine Stimme wird verkünden: Abraham, halte ein! Verschone deinen Sohn, nimm diesen Hammel!

ABRAHAM: Verstehe ich nicht. Erst will er, dass ich meinen Sohn opfere und dann wieder nicht???

ENGEL: Begreifst du nicht? Das eine beweist seine Macht. Das andere seine Güte!

ABRAHAM: Bist du sicher?

ENGEL: So sicher ich hier stehe.

ABRAHAM: Und die Entschädigung und die guten Ernten?

ENGEL: Kriegst du trotzdem!

ABRAHAM: Machen wir einen Vertrag?

ENGEL: Abraham, wie kannst du nur so kleingläubig sein, wie kannst du an *IHM* zweifeln?
Auch das Schweizer Offiziersmesser kannst du behalten.

ABRAHAM: Ich zweifle nicht. Aber ...
So! Hier hast du dein Schaffell.
Und jetzt – sicher ist sicher –
dieser Strick.

ENGEL: Was tust du? Warum ... Das ist ein Doppelkreuzknoten, den kriegt ein Engel nicht auf. Mach mich los! Bin ich ein Schaf ...?
ABRAHAM: Keine Angst. Das ist nur für den Fall, dass *SEIN* Hammel ausbleibt ...

**Unten am Fluss:
vom späten Ende der Kindheit und andere
Geschichten**. - Edition Vogelweide.- 2. Auflage,
erweiterte Neuausgabe 2017.- 170 S.
(auch als e-Book)

Der Idiot will in den Krieg, sagt der Ich-Erzähler von seinem Sohn. Und die alte Schülerband zusammenzutrommeln ist sein eher hilfloser Versuch, dagegen den Geist von Love & Peace zu beschwören. Zwischen den kurzen Begegnungen mit den alten Freunden werden die Erinnerungen an eine Jugend in den siebziger Jahren lebendig. Ob die Band noch einmal spielt, wird vor allem von einem abhängen, von Hubert, der damals über die Grenze ging...

"Stöckel hat... die deutschsprachige Literatur bereichert... Unten am Fluss ist - und hier macht die Vokabel wirklich Sinn - Heimatliteratur im besten Wortsinne." (Das Blättchen)

In dieser Neuausgabe sind nun weitere Texte des Autors versammelt, die verstreut in Anthologien und Zeitschriften erschienen. Auch hier fabuliert der Autor mit Lust u.a. über eine "Russenjagd" in der DDR, ein blaues Motorrad und eine tödlich endende Liebe.

Allesamt Geschichten im Spannungsfeld zwischen Lebenstraum und Lebenswirklichkeit.

Leseprobe:

„Wenn mein Großvater nicht den Motor seines Motorrads vergraben hätte, wäre das Ding längst verrostet eingegangen in den Boden der Ukraine oder der Ardennen. Wenn man dann wüsste wo, ließe sich möglicherweise noch heute ein Stück rostiges Blech finden und unter dem abblätternden grünen Militäranstrich könnte man die originale blaue Farbe sehen. Wenn das so wäre, stünden hier in meiner Wohnung nicht sieben Motorräder der verschiedensten Marken und Baujahre und noch mal acht im Keller; zwei blaue sind darunter und seit kurzem eine - nein, nicht irgendeine - die Böhmerland.

Vermutlich wäre meine Frau mit meinem Sohn dann nicht ausgezogen. Wenn das so wäre, dann, verstehen Sie das Dilemma, würde ich aber nie mit meinem Sohn auf der blauen Böhmerland die Allee hinaus aus der Stadt fahren können, weil dann mein Sohn zwar bei mir wäre, aber keine Böhmerland.

Allerdings säßen Sie dann auch nicht hier auf meinem einzigen Stuhl und überlegten, welches der Motorräder Sie pfänden sollen. Von mir aus alle, nur das eine nicht, nicht die Böhmerland!..."

Salamander im Schnee: Schauspiel. – Textbuch Edition Vogelweide.- 1. Auflage, 2017.- 70 S. (auch als e-Book)

Berührt steht Arnold Simmeroth am Fenster seines Hauses. Mit seiner Frau Lore will er nun endlich ein Kind haben und die Affäre mit Doro, seiner Assistentin, am liebsten vergessen. Aber als Moses, ein hellhäutiger Afrikaner aus einer Gegend Nigerias auftaucht, in der er bis vor kurzem gearbeitet hat, holt ihn die Vergangenheit ein. Arnold hat etwas zu verbergen und wie auf einer schiefen Ebene rutscht die Handlung unaufhaltsam auf die Katastrophe zu.

Uraufführung 2009, bühne 8, Cottbus

„Regisseur Volkmar Weitze hat eine brisante Inszenierung eines spannenden Theatertextes vorgelegt, in dem ein Ehedrama, ein Kriminalfall und die Auseinandersetzung zwischen Anschauungen der Ersten und der Dritten Welt geschickt miteinander verwoben sind." (Ulrike Elsner, Lausitzer Rundschau)

Textprobe:

LORE: Vergessen?! Du weißt nicht wie das ist. Wenn einer heim kommt und sich schweigend hinsetzt. Und schweigend isst. Und schweigend nicht zuhört. Oder doch zuhört und plötzlich das Messer in den Tisch rammt. Nur weil ich oder eine Fliege an der Wand ... Und du weißt nicht, was schlimmer ist, wenn dann der Schnaps in ihn rein und der Rotz aus ihm raus. Und er an dir hängt, wie ein Kind. Und du plötzlich hörst du, wie Stoff zerreißt, es ist der Stoff deines Kleides und er heult und grapscht und schlägt um sich...
- Keiner wird mich mehr schlagen, keiner!
...

ARNOLD: Afrika? Wieso kommt der aus Afrika? Afrika, das interessiert mich überhaupt nicht. Was will der hier?
...

MOSES: Tut mir leid, dass ich kein richtiger Neger bin. -

Ja, ich hatte schon zu Hause eine Menge Ärger damit. Es ging los gleich nach meiner Geburt: Mein Vater sah mich an und sprach: Dieser weiße Bastard ist nicht mein Sohn. Drehte sich um und ging.

....